現代日本童謡詩全集
3
国土社

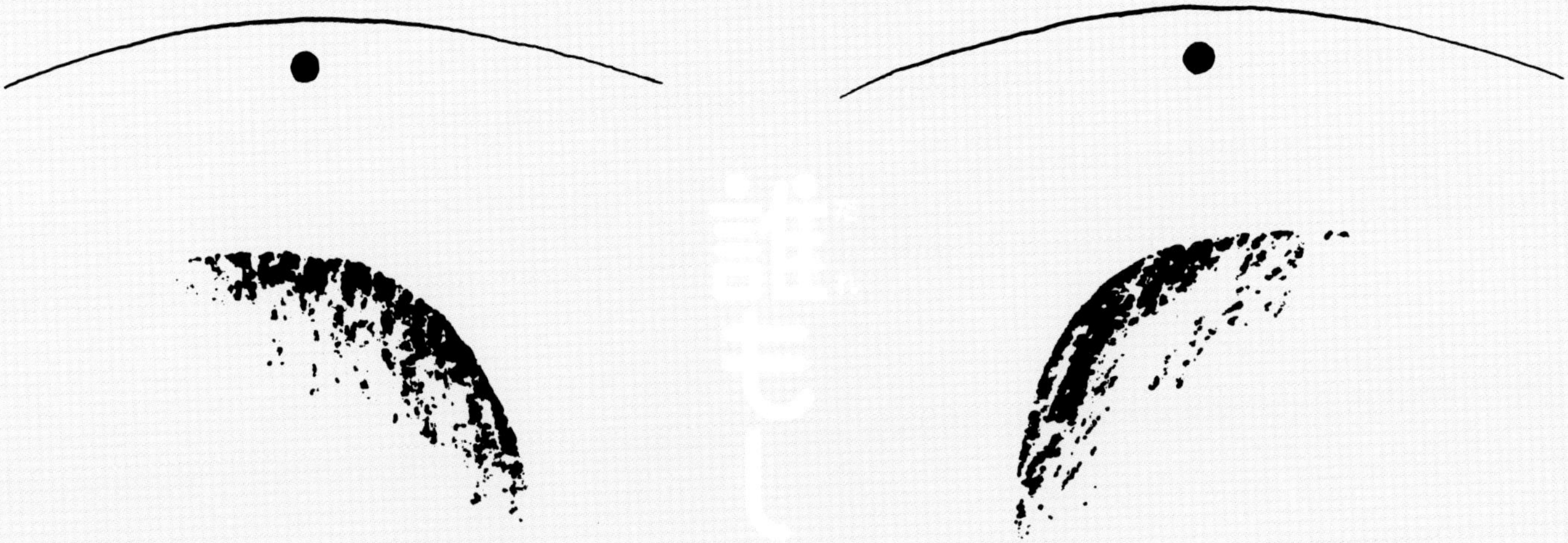

誰もしらない

谷川俊太郎／詩
杉浦範茂／絵

『現代日本童謡詩全集』（全二十二巻）は、第二次大戦後に作られた数多くの童謡から、「詩」としてのこった作品の、作者別集大成です。一九七五年刊行の初版（全二十巻）は、画期的な出版と評価され、翌年「第六回赤い鳥文学賞」を受けました。

まど・みちお、サトウ ハチロー氏らを先頭に、昭和二十年代以降（一九四五以後）、まずラジオの幼児番組を中心に創りはじめられた新しい童謡は、当然読むよりはやさしいことばでうたう作品として世にひろがりました。その中でなお詩でありつづけるという困難な仕事をやりとげた詩人たちの努力が認められたのでした。

こうした詩作品が生まれたからこそ、当時学校を出たばかりの中田喜直、團伊玖磨、芥川也寸志氏、のちに大中恩、服部公一、湯山昭氏ほかの新人作曲家たちが、その詩に共鳴し、心をもやして本気に作曲にとり組んだのです。そこで詩・曲あいまって、これこそ現代日本語のうたの源泉、あるいはゆりかごである、と自信を持っていえる作品の集大成ができました。それを支える強い柱に、当代第一線の画家、イラストレーターのご協力があります。

初版から約三十年、少なからぬ読者からのご要望と、出版社としての使命観から、その後の童謡詩の世界に新しい灯をともした有力な詩人、画家の登場を得、親しまれている曲の伴奏譜を収めて巻数をふやし、出典などの記録も可能なかぎり充実させて、時代にふさわしい新装版を刊行する決意をいたしました。

新しい世紀を生きていく日本の子どもたちに、親しく読みつがれ、うたいつがれてゆくことを、心から願ってやみません。

二〇〇二年十月

国土社編集部

編集協力・阪田寛夫　関根栄一

もくじ

晴《は》れた日《ひ》は

晴《は》れた日《ひ》は空《そら》を見《み》よう
太郎《たろう》も花子《はなこ》もジョンもマリーも
みんなおんなじ空《そら》を知《し》ってる
青《あお》い青《あお》い心《こころ》のふるさと
空《そら》はみんなをだいている

雨《あめ》の日《ひ》は雨《あめ》にぬれよう
ばらもれんげもかしもやなぎも
みんなおんなじ雨《あめ》を知《し》ってる
やさしいやさしいいのちの涙《なみだ》
雨《あめ》はみんなにくちづける

風《かぜ》の日《ひ》は風《かぜ》を聞《き》こう
つばめもとんぼもありもかえるも
みんなおんなじ風《かぜ》を知《し》ってる
楽《たの》しい楽《たの》しい世《せ》界《かい》のささやき
風《かぜ》はみんなに話《はな》してる

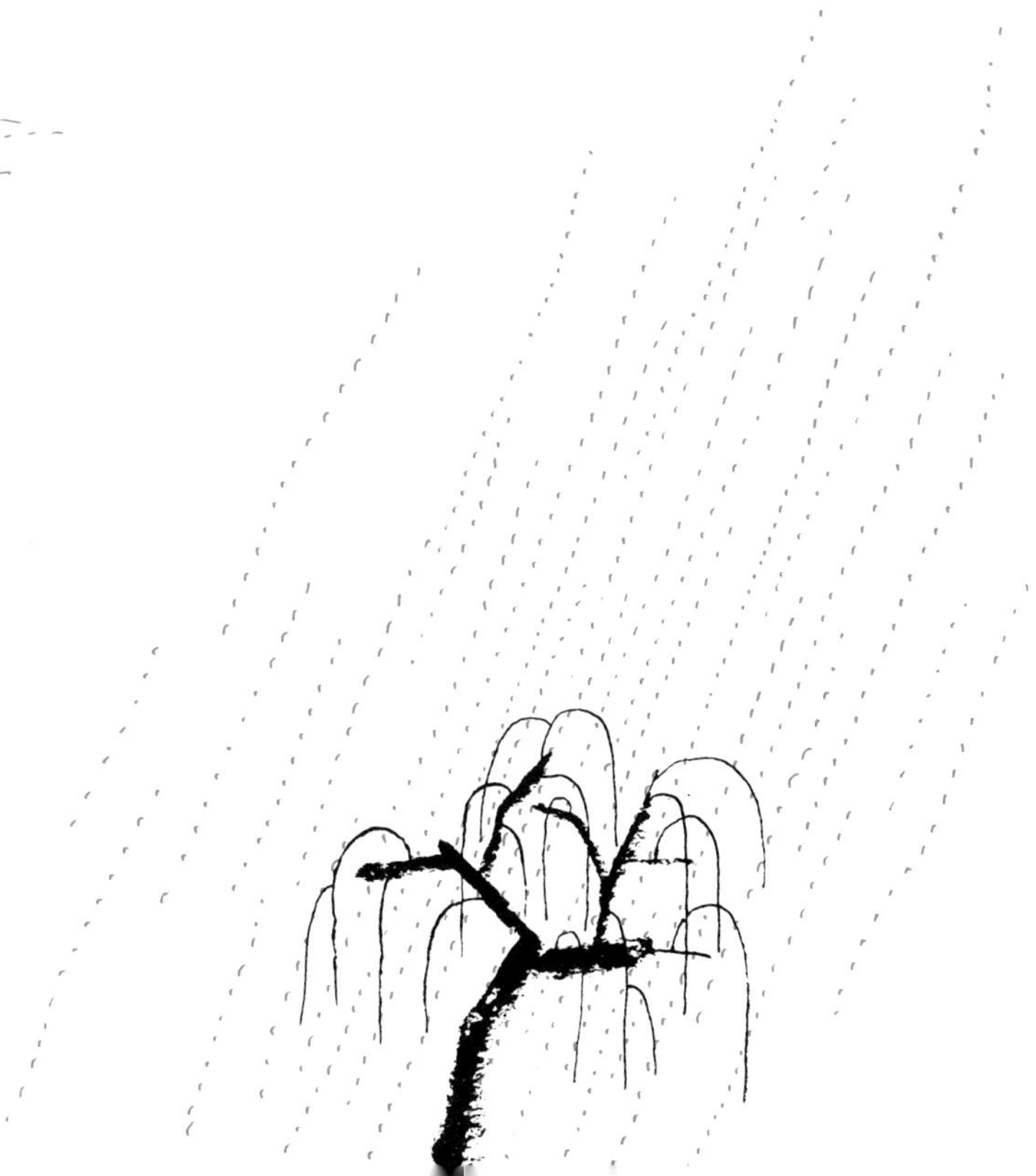

うそだうそだ　うそなんだ

うそだ
うそだ
うそなんだ
みんなみんなうそなんだ
君《きみ》がだれかにうそつけば

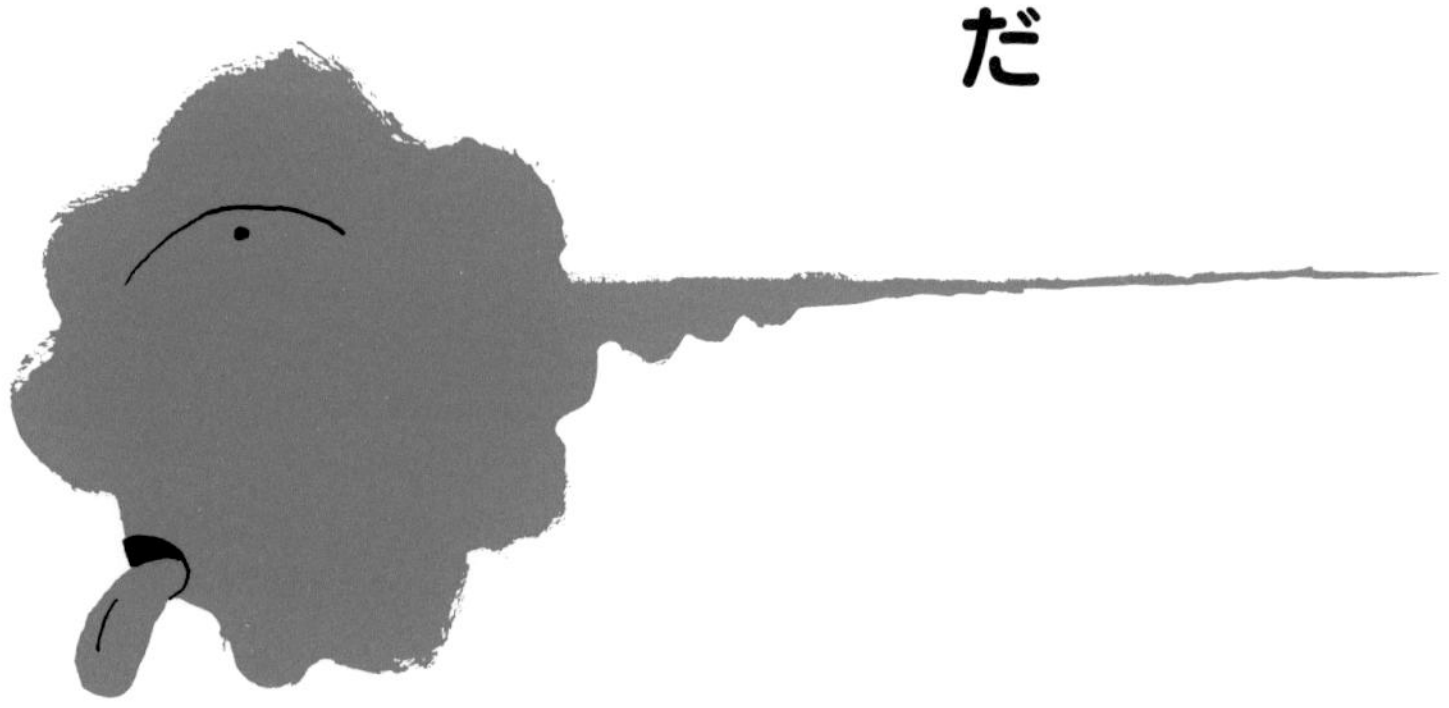

うそだ
うそだ
うそなんだ
みんなみんなうそなんだ
空《そら》の青《あお》いの
ネオンの赤《あか》いの
おなかのすいたのうそなんだ
うそだ
うそだ
うそなんだ
みんなみんなうそなんだ
君《きみ》がだれかにうそつけば

うそだ
うそだ
うそになる
みんなみんなうそになる
三重丸《さんじゅうまる》も
ママの笑《え》顔《がお》も
もうおひさまもうそになる
うそだ
うそだ
うそになる
みんなみんなうそになる
君《きみ》がだれかにうそつけば

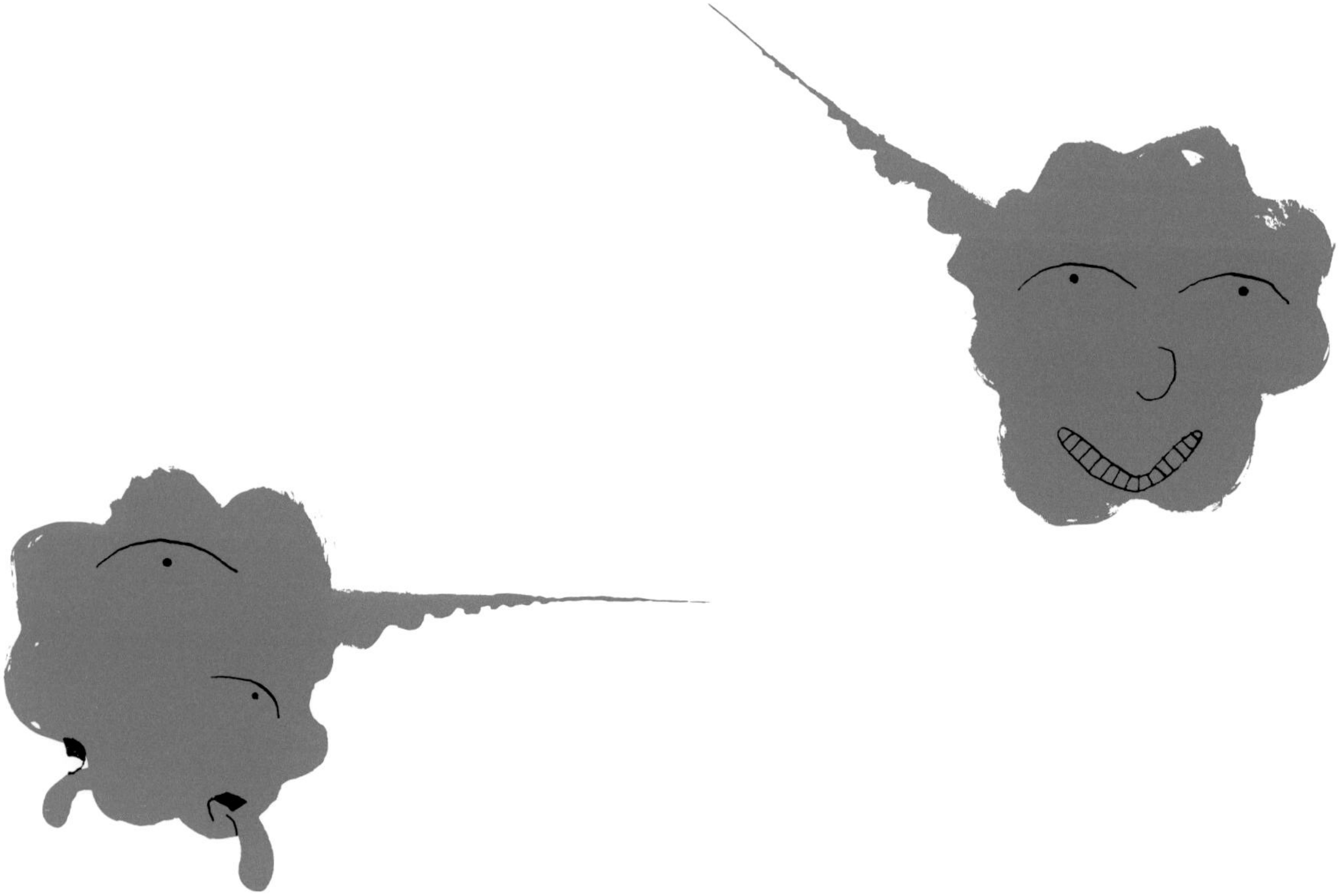

うそだ
うそだ
うそになる
みんなみんなうそになる
君《きみ》がだれかにうそつけば

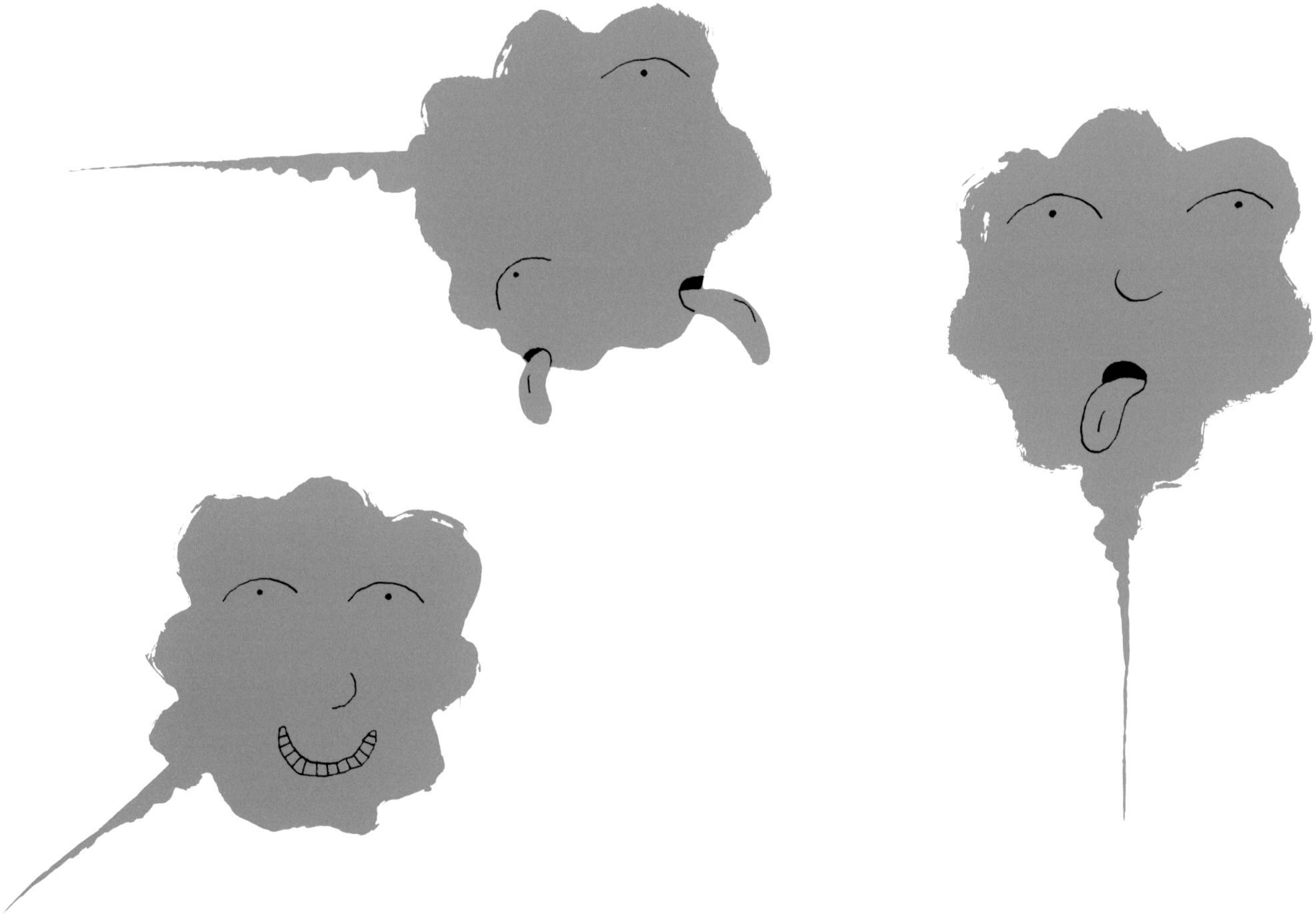

ぼうしのかぶりかた

ぼうしのかぶりかたを知《し》ってるかい
もしきみがパンやさんなら
白《しろ》いぼうしをよこかぶり
もしきみがえかきさんなら
やぶれたベレーをあみだにのっけ
もしきみが一年生《いちねんせい》なら
ぶかぶかぼうしを耳《みみ》までかぶり
もしきみがおじょうさんなら
いっぺん鏡《かがみ》にそうだんしてから
もしきみが兵隊《へいたい》さんでも
鉄《てつ》カブトだけはことわること

もしきみがお坊《ぼう》さんなら　お坊《ぼう》さんなら　ええと
寒《さむ》くてもがまんするのさ
もしきみがびんぼうだったら
シルクハットでいぎを正《ただ》し
もしきみが金《かね》もちだったら
新聞紙《しんぶんし》でかぶとをつくり
もしきみがあかんぼうなら
ぼうしなんてしゃぶっちまえ
もしきみがぼうしやさんなら
ぼうしなんて見《み》るのもいやだろ
もしきみが魚《さかな》やさんなら
もちろんねじりはちまきさ
もしきみが哲学者《てつがくしゃ》なら
はげをかくすものがいる

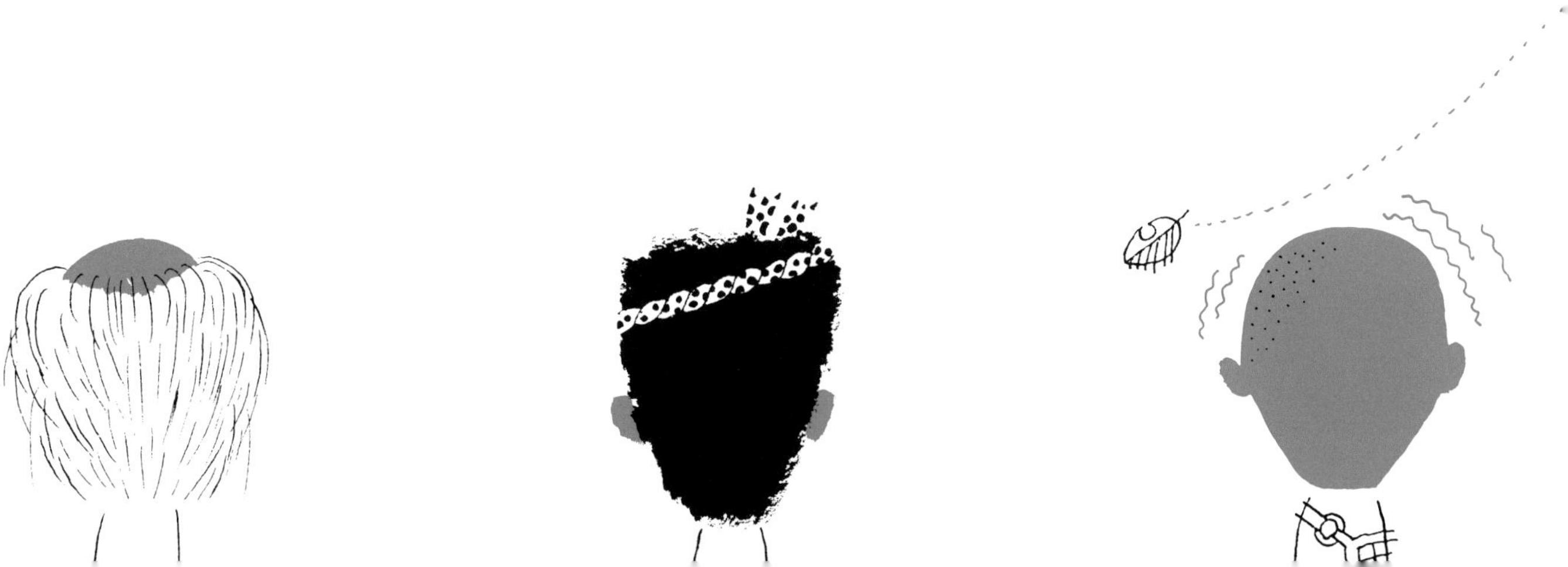

もしきみがものぐさでも
かみの毛《け》だけはだいじにしなさい
もしきみがふとっちょだったら
ぼうしはせんすのかわりになる
もしきみが恋人《こいびと》だったら
ぼうしのかげでこっそりキスだ
もしきみが人食《ひとく》い土人《どじん》なら
ぼうしを食《た》べてもおいしくないよ
もしきみがトンボだったら
ぼうしでつかまえられるのに注意《ちゅうい》
もしきみが歌《うた》い手《て》だったら
ぼうしはさかさに手《て》にもって
みんなの寄付《きふ》をあおぐのさ

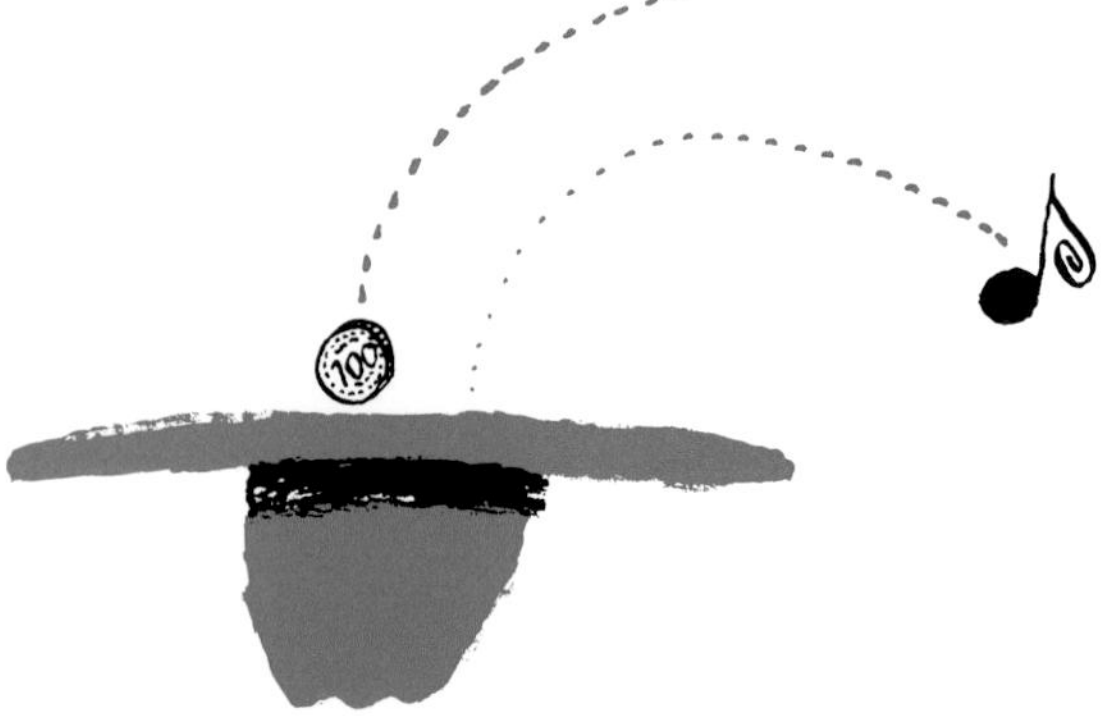

こわれたすいどう

こわれたすいどう
ピッタン　テトン　テッタン　ピン
いくらしめてもとまらない
よるになっても
ピッタン　テトン　テッタン　ピン

こわれたすいどう
ピッタン　テトン　テッタン　ピン
だあれもいない　おふろばで
あさになっても
ピッタン　テトン　テッタン　ピン

夏《なつ》は歌《うた》え

夏《なつ》は太鼓《たいこ》　雷《かみなり》のおしりをたたけ
夏《なつ》は踊《おど》り　夕立《ゆうだち》の足《あし》ははだしだ
夏《なつ》は砂漠《さばく》　かげろうは真昼《まひる》のおばけ

夏《なつ》は笑《わら》う　満腹《まんぷく》の入道雲《にゅうどうぐも》だ
夏《なつ》は怒《いか》る　太陽《たいよう》の眼《め》をいからせて
夏《なつ》は叫《さけ》ぶ　稲妻《いなづま》の歯《は》をむきだして

夏《なつ》は真白《ましろ》　乙女《おとめ》らは妖精《ようせい》のよう
夏《なつ》は黄色《きいろ》　ひまわりの汗《あせ》の色《いろ》だよ
夏《なつ》は青《あお》い　大空《おおぞら》のはてない深《ふか》さ

夏《なつ》は泳《およ》げ　海《うみ》をけり風《かぜ》を追《お》いこし
夏《なつ》は走《はし》れ　背《せ》も腕《うで》も大地《だいち》の色《いろ》だ
夏《なつ》は歌《うた》え　生《い》きているよろこびの歌《うた》

道《みち》

小《ちい》さな道《みち》をたどって歩《ある》こう
紋白蝶《もんしろちょう》のあと追《お》って
谷間《たにま》の村《むら》の水車小屋《すいしゃごや》まで
小川《おがわ》のほとりふたりで行《い》こう
ララ　テクテク　ラ　ララ　ポクポク　ラ

大《おお》きな道《みち》をえばって歩《ある》こう
大《おお》きな声《こえ》で歌《うた》って
明《あか》るい海《うみ》の見《み》えてくるまで
工場《こうば》にそってみんなで行《い》こう
ララ　テクテク　ラ　ララ　スタスタ　ラ

道《みち》なき道《みち》をひらいて行《い》こう
原始《げんし》の森《もり》の闇《やみ》のなか
ひとつのあかり探《さが》しもとめて
けもののようにひとりで行《い》こう
ララ　テクテク　ラ　ララ　ヒタヒタ　ラ

日本語《にほんご》のおけいこ

アイウエオ　カキクケコ
だれかがどこかで習《なら》ってる
サシスセソ　タチツテト
だれかがどこかで話《はな》してる
ナニヌネノ　ハヒフヘホ
だれかがどこかで忘《わす》れてる
マミムメモ　ヤイユエヨ
だれかがどこかで歌《うた》ってる
ラリルレロ　ワヰウヱヲ
だれかがどこかでどこかでだれかがどなってる
ン

いろはにほへとちりぬるをわかよたれそつねならむ
うゐのおくやまけふこえてあさきゆめみしゑひもせす
ん

アカサタナ　ハマヤラワ
だれかがどこかで笑《わら》ってる
イキシチニ　ヒミイリヰ
だれかがどこかで泣《な》いている
ウクスツヌ　フムユルウ
だれかがどこかで怒《おこ》ってる
エケセテネ　ヘメエレヱ
だれかがどこかで眠《ねむ》ってる
オコソトノ　ホモヨロヲ
だれかがどこかでどこかでだれかがあきれてる
ン

誰《だれ》もしらない

お星《ほし》さまひとつ　プッチンともいで
こんがりやいて　いそいでたべて
おなかこわした　オコソトノ　ホ
誰《だれ》もしらない　ここだけのはなし

とうちゃんのぼうし　空《そら》飛《と》ぶ円盤《えんばん》
みかづきめがけ　空《そら》へなげたら
かえってこない　エケセテネ　へ
誰《だれ》もしらない　ここだけのはなし

としよりのみみず　やつでの下《した》で
すうじのおどり　そっとしゅくだい
おしえてくれた　ウクスツヌ　フ
誰《だれ》もしらない　ここだけのはなし

でたらめのことば　ひとりごといって
うしろをみたら　ひとくい土人《どじん》
わらって立《た》ってた　イキシチニ　ヒ
誰《だれ》もしらない　ここだけのはなし

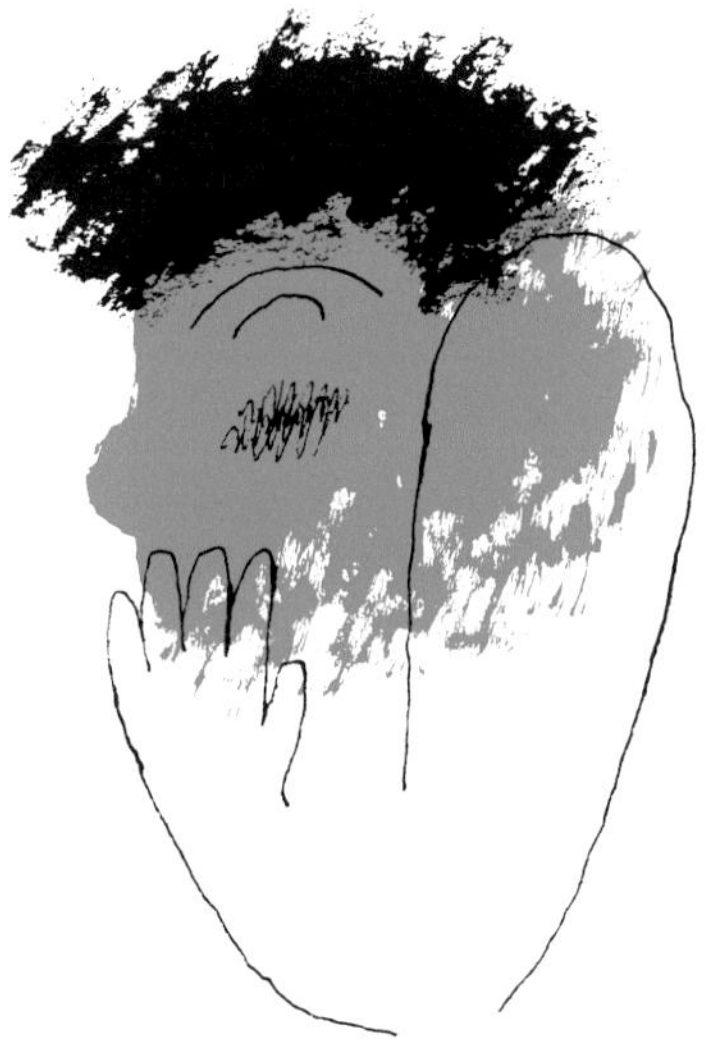

おおきなけやきのき

はらっぱのまんなかに
たっているいっぽんのけやき
てっぺんまでのぼれば
にじのねもとがみえるかな

はらっぱのまんなかに
たっているいっぽんのけやき
かぜがふくとはなしする
かいぞくせんのはなしかな

はらっぱのまんなかに
たっているいっぽんのけやき
もしかするとねもとに
ひみつのたからがうまってる

はらっぱのまんなかに
たっているいっぽんのけやき
よるになるとまるで
かみさまみたいにこわいんだ

あくび

おじいさんのひげはまっしろまっしろ
どうしてそんなにまっしろなのか
しらないしらないとみんながいった
しってるしってるとしろありがいった
そしてひげをぜんぶたべちゃった

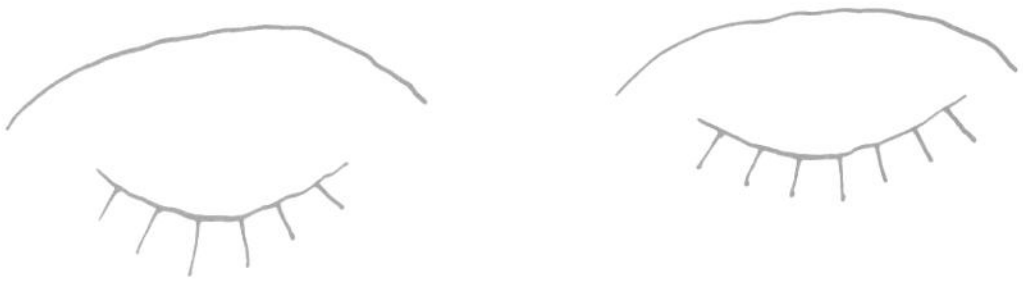

くもったよるはまっくろまっくろ
どうしてそんなにまっくろなのか
しらないしらないとみんながいった
しってるしってるとくろひょうがいった
そしてよるのゆびにかみついた

よるのながしたちはまっさおまっさお
どうしてそんなにまっさおなのか
しらないしらないとみんながいった
しってるしってるとあおぞらがいった
そしてやまのうえであくびした

とんびのピーヒョロロ

おさらをわったのだれですか
それはとだなのガタガタ
ガタガタをかじったのだれですか
それはあぶらむしのおうさまポソ
ポソのひげぬいたのはだれですか
それはとんびのピーヒョロロ
ピーヒョロロはまるをかく　そらのうえのそらに
そのまるはシンバルよりもまるいまる

ほうきをぶったのだれですか
それははたきのパタパタ
パタパタをぬらしたのだれですか
それはゆうだちのおとうとザブ
ザブのおしりつっついたのはだれですか
それはとんびのピーヒョロロ
ピーヒョロロはまるをかく　そらのうえのそらに
そのまるはおひさまよりもまるいまる

ぼうし

おおきすぎるぼうし　おとうさんのぼうし
かぶったら　よるがきた
まっくらくらのよるがきた

ちいさすぎるぼうし　あかちゃんのぼうし
かぶったら　わらわれた
けろけろかえるにわらわれた

ちょうどいいぼうし　だれかさんのぼうし
かぶったら　にあわない
ちっともはっともにあわない

かぶらないったらかぶらない
ぼうしなんてだいきらい
とんでゆけったらとんでゆけ
かぜにふかれて
ころころくるくるくものうえまでとんでゆけ

まね

まねっこマネちゃんまねしてる
うでをひろげてとりのまね
やまのむこうはまたやまで
そのまたむこうはうみなんだ
うみのむこうのさばくでも
あおいめマネちゃんまねしてる

まねっこマネちゃんまねしてる
かたなをさしておとのさま
きのうのきのうはおとといで
おとといのきのうはさきおととい
むかしむかしのしろのなか
ちょんまげマネちゃんまねしてた

まねっこマネちゃんまねしてる
4・3・2・1ロケットだ
あしたのあしたはあさってで
そのまたあしたはしあさって
せんねんさきのはしのうえ
しらないマネちゃんまねしてる

ひとくいどじんのサムサム

ひとくいどじんのサムサム
おなかがすいてうちへかえる
かめのなかのかめのこをたべる
ななくちたべたらもうおしまい
ひとくいどじんのサムサムとてもさむい

ひとくいどじんのサムサム
おなかがすいてとなりへゆく
ともだちのカムカムをたべる
ふたくちたべたらもうおしまい
ひとくいどじんのサムサムひとりぼっち

ひとくいどじんのサムサム
おなかがすいてしにそうだ
やせっぽちのじぶんをたべる
ひとくちたべたらもうおしまい
ひとくいどじんのサムサムいなくなった

一《いち》、二《にい》、三《さん》……

ひとつさ
ひとつきゃないもの　たいせつだ
ぼくのおなかにゃ　おへそがひとつ
林《はやし》のむこうに　朝日《あさひ》がのぼる

ふたつさ
ふたつそろった　ひとそろい
白《しろ》いながぐつ　ぴしゃぴしゃ走《はし》る
とんぼの目玉《めだま》が　きょろりと光《ひか》る

みっつさ
みっつあるもの　なんとなに
オート三輪《さんりん》　タイヤがみっつ
赤《あか》・黄《き》・緑《みどり》の　しんごうまもれ

よっつさ
よっつぐうすう　カルテット
ヴァイオリンふたつ　ヴィオラにチェロさ
シャープよっつは　ホ　ホ　ホ長調《ちょうちょう》

いつつさ
いつつ片手《かたて》の　指《ゆび》のかず
むかしむかしの　人間《にんげん》たちは
いつつ以上《いじょう》は　みんないっぱい

いっぱいさ
いっぱいあるもの　いっぱいさ
月《つき》のむこうに　星《ほし》がいっぱい
夜《よる》の地球《ちきゅう》に　あかりがいっぱい

かわいそうなおばけたち

でんぱオバケをしってるかい
でんぱオバケはよるのそら
エスオーエスとなきながらとんでゆく
トンツートトン　ツートントン
でんぱオバケはひとりぼっち

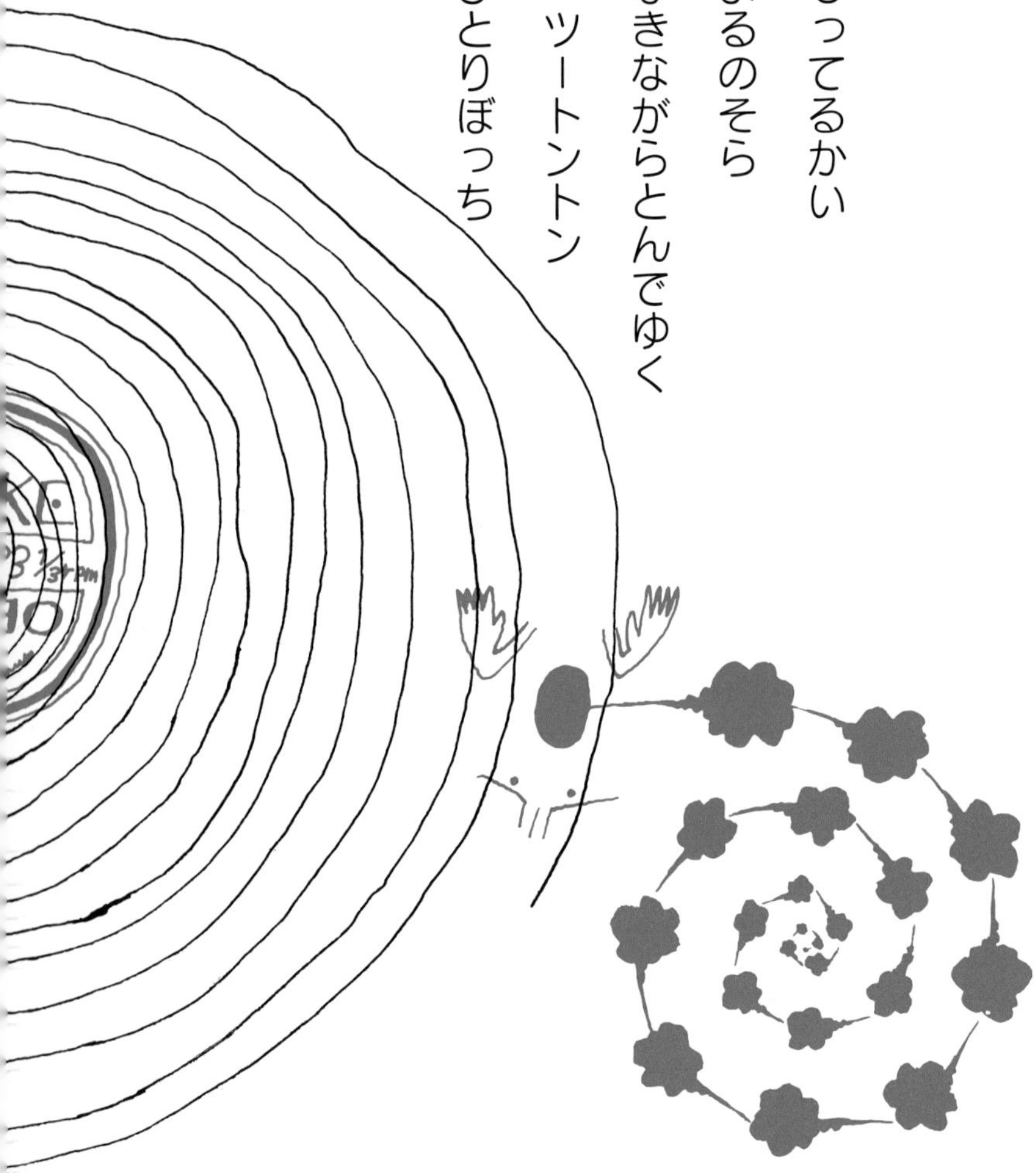

レコードオバケしってるかい
レコードオバケこえだけだ
おなじことをなんどでもくりかえす
いろはにいろは　いろいろは
レコードオバケまわりつづけ

ロケットオバケしってるかい
ロケットオバケほしのうえ
どこへもゆけずいつまでもめぐってる
ピーピピピピピ　ピッピッピ
ロケットオバケとおいかなた

ポワ ポワーン

小《ちい》さな星《ほし》の　ただなかに
大《おお》きな象《ぞう》が　浮《う》いている
どっちが上《うえ》で　どっちが下《した》か
さすがの象《ぞう》も決《き》めかねる
ポワ　ポワーン

大《おお》きな象《ぞう》の　おとなりに
お城《しろ》もひとつ　浮《う》いている
お城《しろ》の中《なか》の　大広間《おおひろま》では
ヴィオラとチェロが浮《う》いている
ポワ　ポワーン

誰《だれ》が泣《な》いたか　しらないが
涙《なみだ》も一滴《いってき》　浮《う》いている
ふるさとの星《ほし》　地球《ちきゅう》はいずこ
心《こころ》ぼそくて　泣《な》いたのか
ポワ　ポワーン

うそかまことか　七不思議《ななふしぎ》
富士山《ふじさん》までも　浮《う》いている
指《ゆび》で押《お》したら　全速力《ぜんそくりょく》で
アンドロメダへ　飛《と》び去《さ》った
ポワ　ポワーン

ハヒフペポ

あめがしとしとふっている
ハヒフとペポがあるいてく
ハヒフはおおきなかさをさして
ペポはちいさなかささして
ハヒフペポ　ハヒフペポ
もうすぐふゆがやってくる

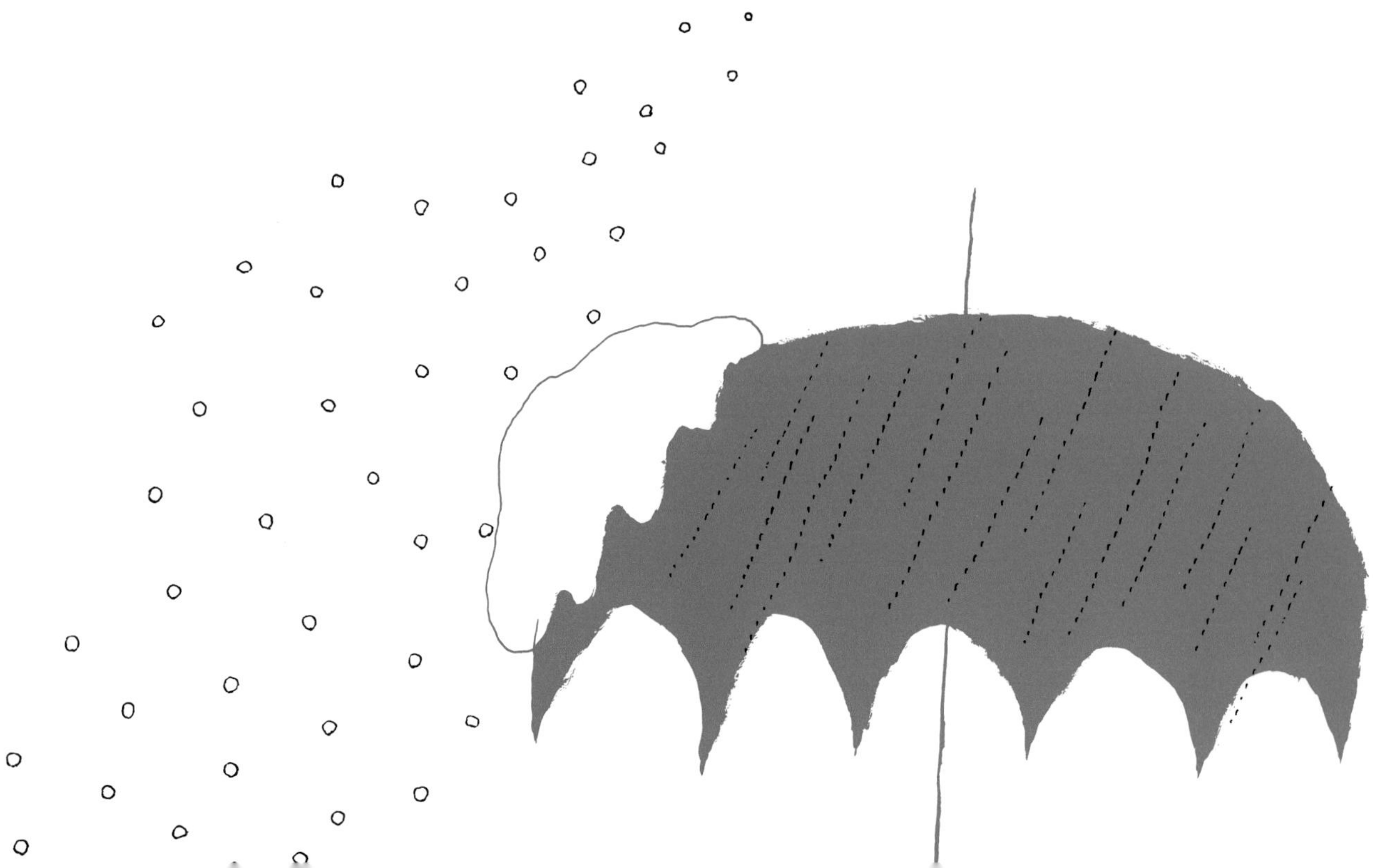

のはらにしろいかぜがふき
ハフヒとペポはけんかした
ハヒフはそらをながめてる
ペポはらっぱをふいている
ハヒフペポ　ハヒフペポ
もうすぐゆきがふるだろう

だれかしらないひとがきて
むりやりペポをつれてった
ハヒフはペポのなをよんだ
ペポはハヒフのなをよんだ
ハヒフペポ　ハヒフペポ
もうじきうみもこおるだろう

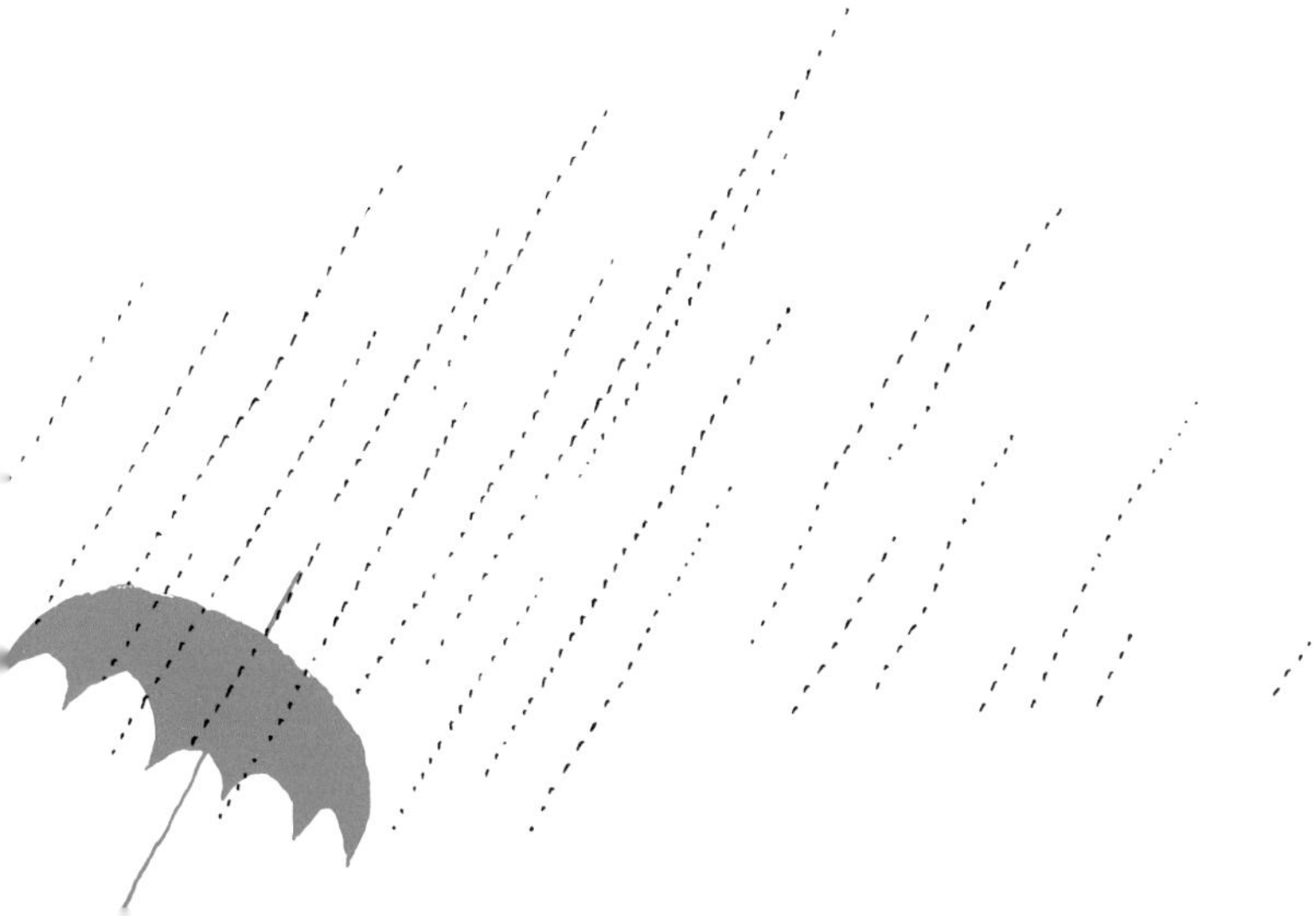

だれ

だれかがいるよ　どこかにね
それはパパとは　ちがうひと
いろんないろの　かおしてて
いろんないろの　うたうたう

だれかがいるよ　どこかにね
それはママとも　ちがうひと
わすれたことを　おぼえてて
しらないことを　しっている

だれかがいるよ　どこかにね
それはちょっぴりこわいひと
ほしからほしへ　とんでいき
なんどしんでも　いきかえる

月《げっ》火《か》水《すい》木《もく》金《きん》土《ど》日《にち》のうた

げつようび　わらってる
げらげらげらげらわらってる
おつきさまは　きがへんだ

かようび　おこってる
かっかっかっかっかっかっかっかっおこってる
ひばちのすみは　おこりんぼ

すいようび　およいでる
すいすいすいすいおよいでる
みずすましは　みずのうえ

もくようび　もえている
もくもくもくもくもえている
かじだかじだ　やまかじだ

きんようび　ひかってる
きらきらきらきらひかってる
おおばんこばん　つちのなか

どようび　ほっていく
どんどんどんどんほっていく
どこまでほっても　みつからない

にちようび　あそんじゃう
にこにこにこにこあそんじゃう
おひさまといっしょ　パパといっしょ

はてな

はてな　はてな　はてなのアンテナ
宇宙《うちゅう》にひろがるアンテナはてな
ホワイ　どうして　プウルクォワ
円周率《えんしゅうりつ》はわりきれないの？

はてな　はてな　はてなのアンテナ
頭《あたま》にはえてるアンテナはてな
ホワイ　どうして　プウルクォワ
男《おとこ》と女《おんな》けっこんするの？

はてな　はてな　はてなのアンテナ
心《こころ》をつきさすアンテナはてな
ホワイ　どうして　プウルクォワ
青空《あおぞら》見《み》るとたのしくなるの？

はてな　はてな　はてなのアンテナ
どこまでとどくかアンテナはてな
ホワイ　どうして　プウルクォワ
はてなはてなと考《かんが》えるのか？

かえるのぴょん

かえるのぴょん
とぶのがだいすき
はじめにかあさんとびこえて
それからとうさんとびこえる
ぴょん

かえるのぴょん
とぶのがだいすき
つぎにはじどうしゃとびこえて
しんかんせんもとびこえる
ぴょん　ぴょん

かえるのぴょん
とぶのがだいすき
とんでるひこうきとびこえて
ついでにおひさまとびこえる
ぴょん　ぴょん　ぴょん

かえるのぴょん
とぶのがだいすき
とうとうきょうをとびこえて
あしたのほうへきえちゃった
ぴょん　ぴょん　ぴょん　ぴょん

おかあさん

わらってら　わらってら
まあるいくちでわらってら
あっはっはってわらってら
らくごきいてるおかあさん
だれがよんでもへんじをしない

おこってら　おこってら
へのじのまゆげおこってら
なぜかしらないおこってら
むこうをむいたおかあさん
だれがよんでもへんじをしない

きどってら　きどってら
しろいてぶくろきどってら
くびをかしげてきどってら
かがみのまえのおかあさん
だれがよんでもへんじをしない

こわくない

こわくないったらこわくない
おばけなんてこわくない
くらやみだからくらいのは
あったりまえでしょう

こわくないったらこわくない
とうちゃんなんてこわくない
とうちゃんだからいばるのは
しかたないでしょう

こわくないったらこわくない
先生《せんせい》なんてこわくない
先生《せんせい》だからおこるのも
しごとのうちでしょう

こわくないったらこわくない
かみなりなんてこわくない
大《おお》きな音《おと》がするだけで
ただの電気《でんき》でしょう

こわくないったらこわくない
ユーカイなんてこわくない
知《し》らない人《ひと》とくらすのも
たまにはいいでしょう

こわくないったらこわくない
戦争《せんそう》なんてこわくない
死《し》ぬのはカッコわるいから
あっさり逃《に》げましょう

こわくなるったらこわくなる
おとなになればこわくなる
くよくよおどおどこわくなる
どうしてなんでしょう

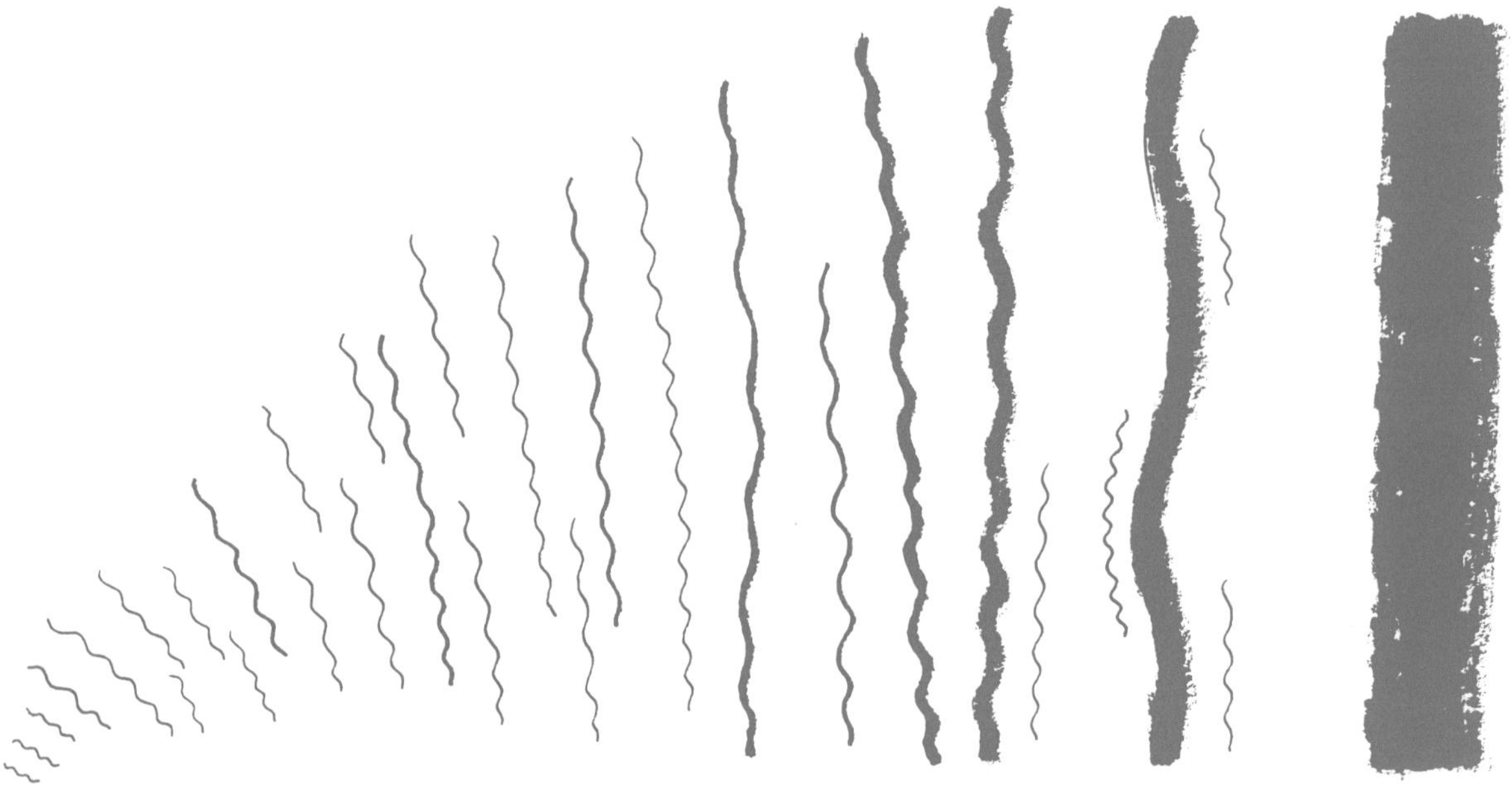

にちようび

にちようびは　おやすみ
だけどおひさま　やすまない
きらきら　ふんすいてらしてる

にちようびは　おやすみ
だけどらくだは　やすまない
てくてくさばくを　あるいてく

にちようびは　おやすみ
だけどおなかは　やすまない
ペコペコやっぱり　へってくる

りんご

りんごがひとつ
赤《あか》いりんご
アダムとイヴがはんぶんこ
りこうな蛇《へび》にだまされて
アップル　ラップル　パップル　ラ

りんごがひとつ
赤《あか》いりんご
ウィリアムテルは目《め》をつむり
もののみごとに射《い》おとした
アップル　ラップル　パップル　ラ

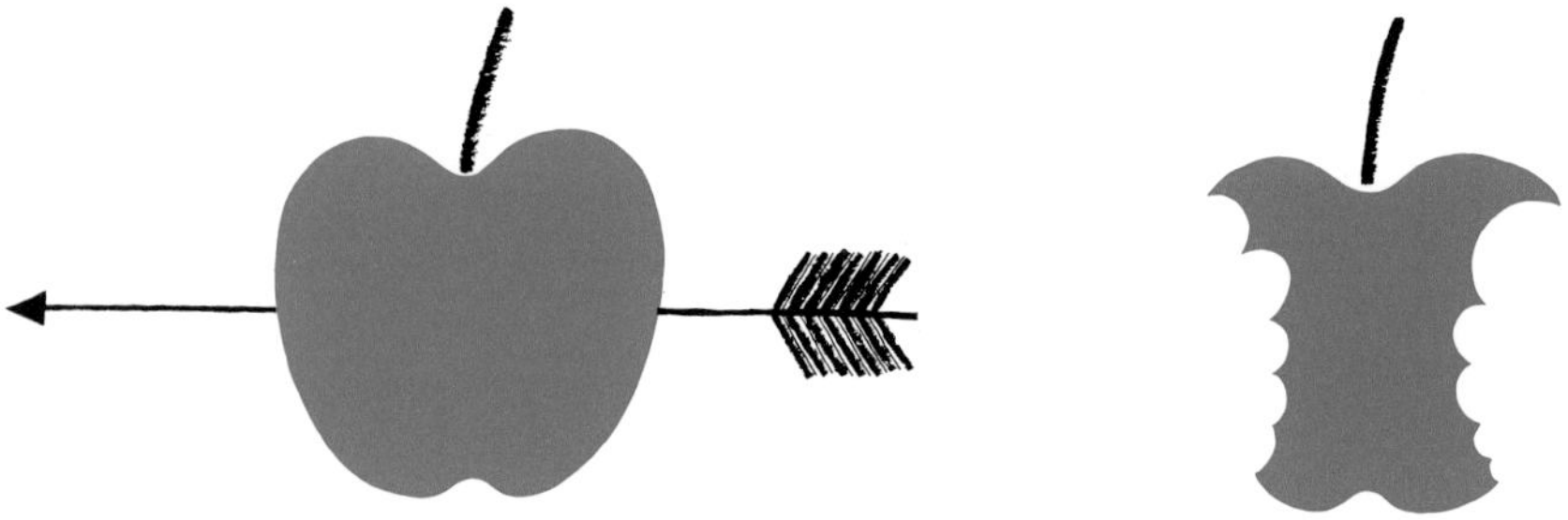

りんごがひとつ
赤《あか》いりんご
りんごの木《き》からおっこった
ニュウトンさんのはげの上《うえ》
アップル　ラップル　パップル　ラ

りんごがひとつ
赤《あか》いりんご
ぼくのお皿《さら》にのっている
たねはすてずにまいてやろ
アップル　ラップル　パップル　ラ

いち

いちってね
つまりぼくがね　いちなのさ
ぼくは　せかいで　ひとりきり

いちってね
つまりママがね　いちなのさ
ママは　せかいで　ひとりきり

いちってね
つまりきみもね　いちなのさ
ぼくと　きみとで　２になるよ

いちってね
だけどちきゅうは　ひとつなの
ぼくと　きみとは　てをつなぐ

いちってね
だからはじめの　かずなのさ
ちいさいようで　おおきいな

いっぱい

たりないたりない　まだたりない
りんごだけじゃ　まだたりない
なしだって　かきだって　たべるぞ
いっぱい　いっぱい　いっぱいぱい

たりないたりない　まだたりない
あおぞらだけじゃ　まだたりない
ゆきだって　かぜだって　やってこい
いっぱい　いっぱい　いっぱいぱい

たりないたりない　まだたりない
たりないだけじゃ　まだたりない
きんだって　ぎんだって　つくるぞ
いっぱい　いっぱい　いっぱいぱい

たりないたりない　まだたりない
しあわせだけじゃ　まだたりない
ぼくだって　きみだって　にんげんだ
いっぱい　いっぱい　いっぱいぱい

宇《う》宙《ちゅう》船《せん》ペペペペランと弱《よわ》虫《むし》ロン

ペペペペランは宇《う》宙《ちゅう》船《せん》
むらさきのいろのあかつきに
アンドロメダへとびたった
のりくむ子《こ》ども二《に》十《じゅう》七《しち》人《にん》
たちまちに地《ち》球《きゅう》は
雲《くも》のかなた

ペペペペランは宇《う》宙《ちゅう》船《せん》
くる日《ひ》くる年《とし》とびつづけ
いつか子《こ》どもは年《とし》をとり
次《つぎ》から次《つぎ》へ結《けっ》婚《こん》式《しき》だ
なつかしい地《ち》球《きゅう》は
星《ほし》のかなた

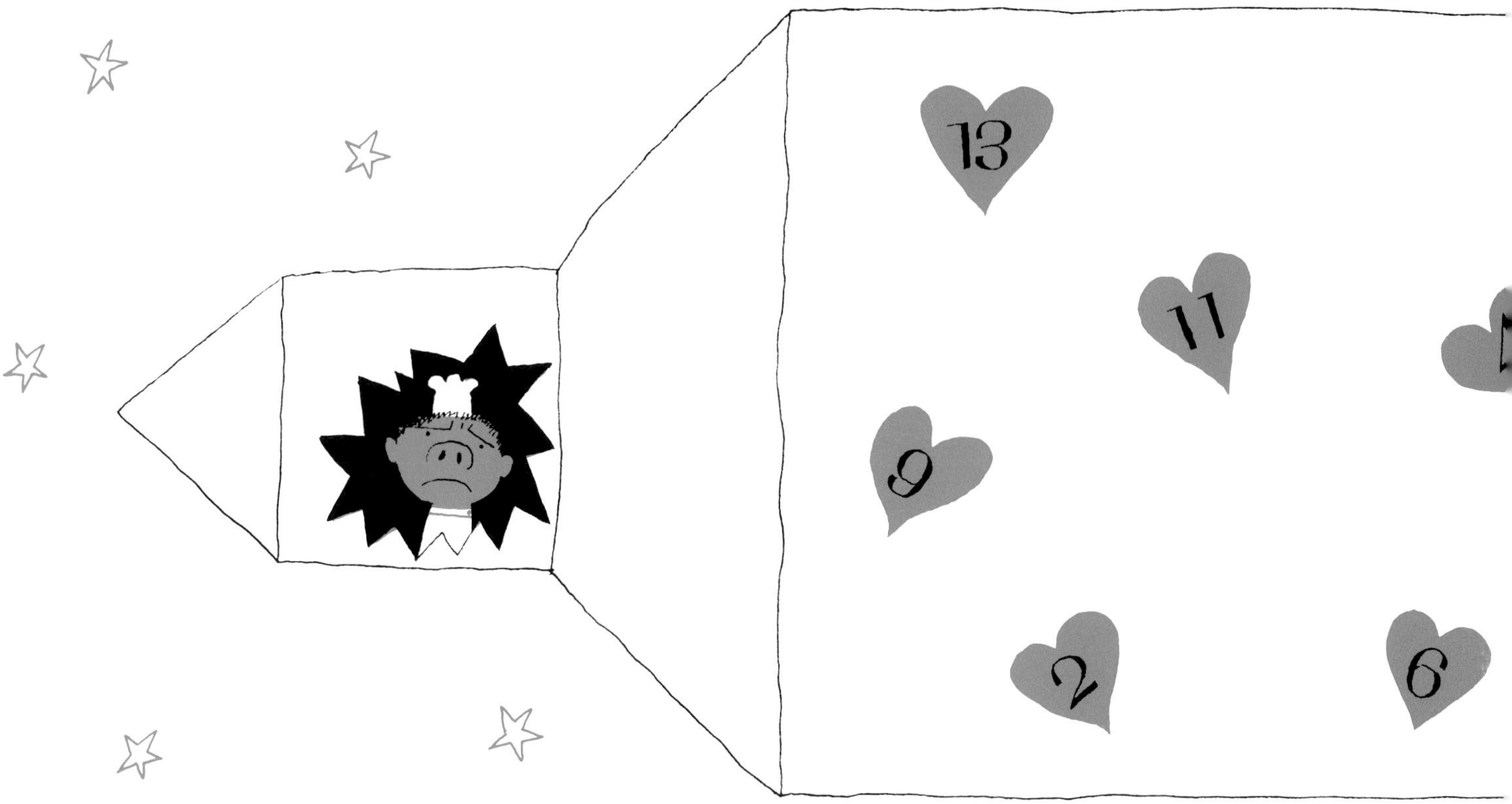

一人《ひとり》のこったひとりもの
ひとりぼっちの料《りょう》理《り》番《ばん》
弱虫《よわむし》ロンはしっ鼻《ぱな》
そのときぶつかる大《だい》ほうき星《ぼし》
ふるさとの地《ち》球《きゅう》は
はるかかなた

胴体《どうたい》にあいた大穴《おおあな》を
なおす勇《ゆう》気《き》はだれのもの
弱虫《よわむし》ロンはベソをかき
かなづち片《かた》手《て》みごとになおす
なつかしい地《ち》球《きゅう》は
星《ほし》のかなた

ペペペペランは宇宙船《うちゅうせん》
だいじな時間《じかん》むだにできぬ
弱虫《よわむし》ロンをおきざりに
ゆくえもしらずまっしぐら
ふるさとの地球《ちきゅう》は
はるかかなた

ペペペペランは宇宙船《うちゅうせん》
ギラギラ光《ひか》る星《ほし》の中《なか》
弱虫《よわむし》ロンは気《き》がふれた
星《ほし》のあいだをただよって
大《おお》きな声《こえ》で歌《うた》をうたう
なつかしい地球《ちきゅう》は
星《ほし》のかなた

冬《ふゆ》の思《おも》い出《で》

しろいしろいふゆが
おおきなてのひらで
あたしをめかくしする
どうして　どうして
いなくなるのはだいすきなものばかり

さきおととしのゆきだるま
かわいいこいぬつれていた
あおいビーダマのひとみで
ゆきがっせんをながめてた
ピップピップタンタン
ピップピップタン

あるひとつぜんいなくなった
ふるいほうきのしっぽのこして

おととしあったおとこのこ
おおきなたこをあげていた
ちゃいろのかみのけもさもさで
いつもくちぶえふいていた
ピップピップタンタン
ピップピップタン

あるひとつぜんいなくなった
なまえもうちもきかないうちに

きょねんもらったうたのほん
かいぞくせんのさしえつき
いつまでたってもおわらない
ヘンチクリンなうただった
ピップピップタンタン
ピップピップタン

あるひとつぜんみえなくなった
のこっているのはうたのふしだけ

小《ちい》さな道《みち》

小《ちい》さな道《みち》はひとりぼっち
右手《みぎて》に台所《だいどこ》　左手《ひだりて》に小川《おがわ》
両手《りょうて》でしっかりつないでる

小《ちい》さな道《みち》は祈《いの》ってる
大《おお》きくなりたい　国《くに》から国《くに》へ
森《もり》をつっきり山《やま》をこえ

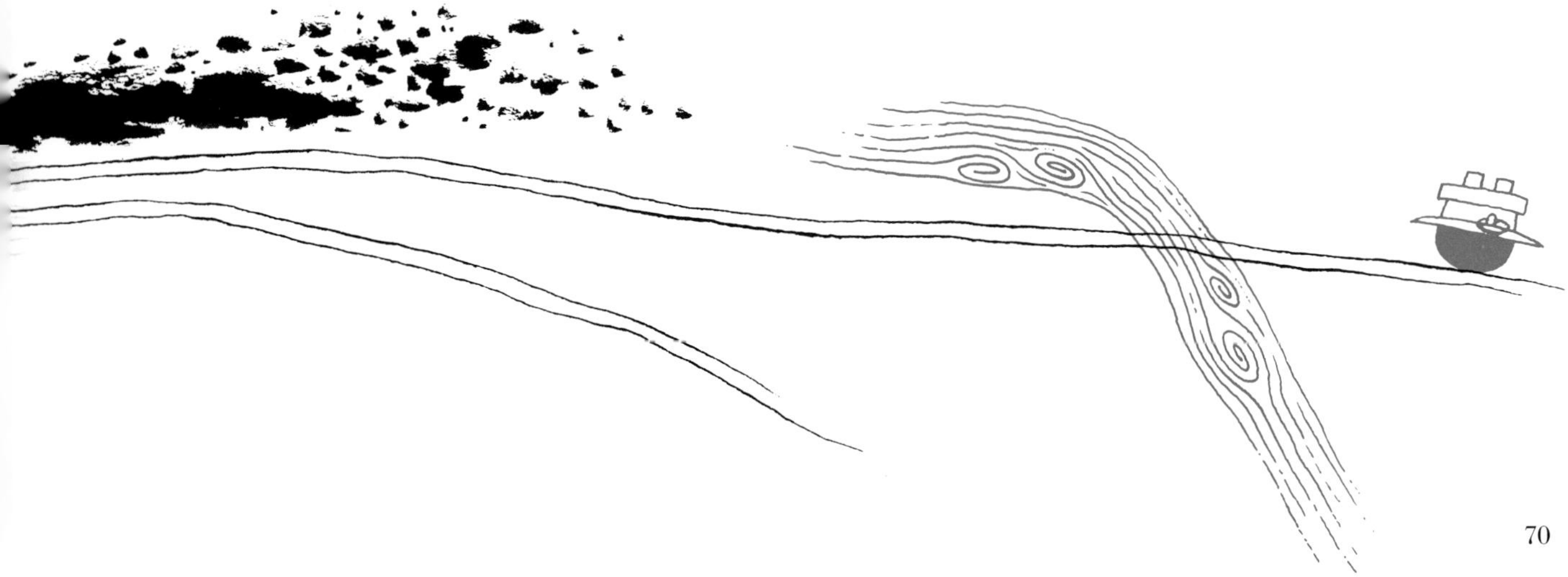

小《ちい》さな道《みち》に雪《ゆき》がつもる
しんしんしんしん三《さん》メートルも
村《むら》じゅうの道《みち》が迷子《まいご》だ

小《ちい》さな道《みち》はにげだした
雪《ゆき》どけの水《みず》の黒《くろ》い馬《うま》にのって
古《ふる》い台所《だいどこ》けとばして

小《ちい》さな道《みち》はあくる朝《あさ》
飛行場《ひこうじょう》につく　長《なが》い滑走路《かっそうろ》
これこそぼくのおとうさん

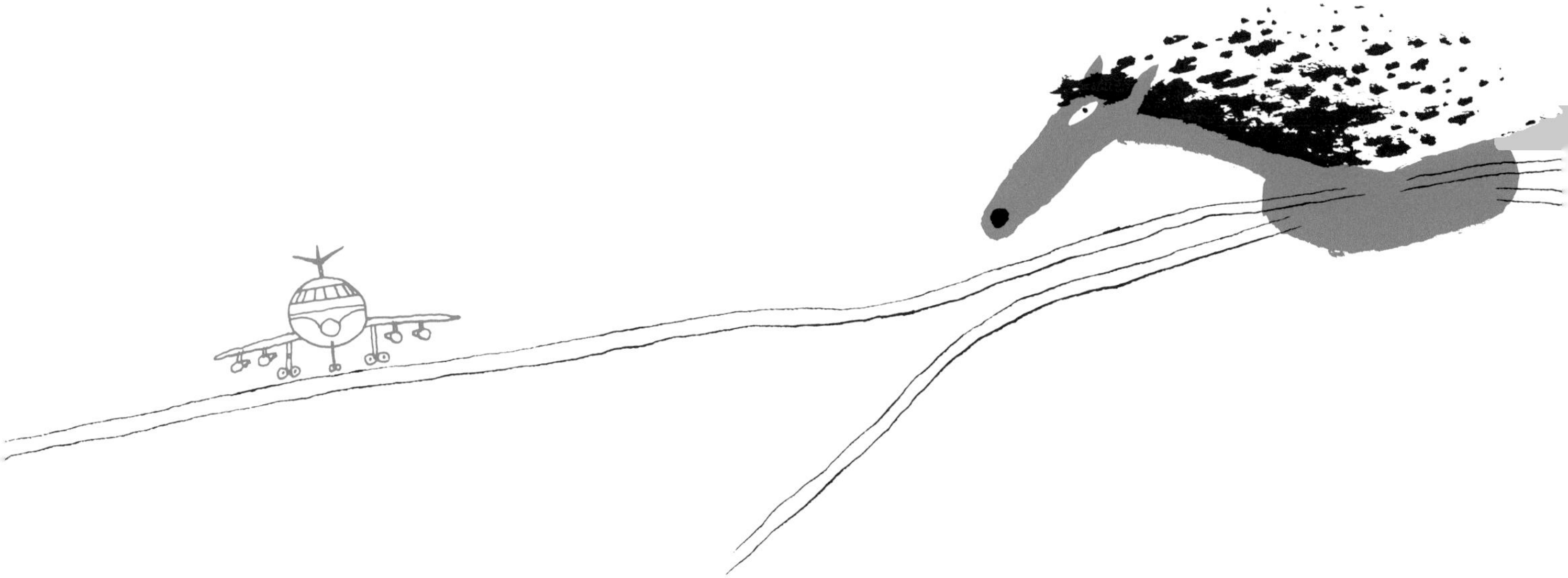

滑走路《かっそうろ》は首《くび》をふる
道《みち》じゃないわしは　なぜってなぜって
わしはもってない目的地《もくてきち》

小《ちい》さな道《みち》は泣《な》き出《だ》した
台所《だいどこ》と小川《おがわ》すててきちゃった
ぼくはどうすればいいんだろ

そこへおさげの女《おんな》の子《こ》
小《ちい》さな道《みち》に線路《せんろ》をかいて
がたごと汽車《きしゃ》を走《はし》らせた

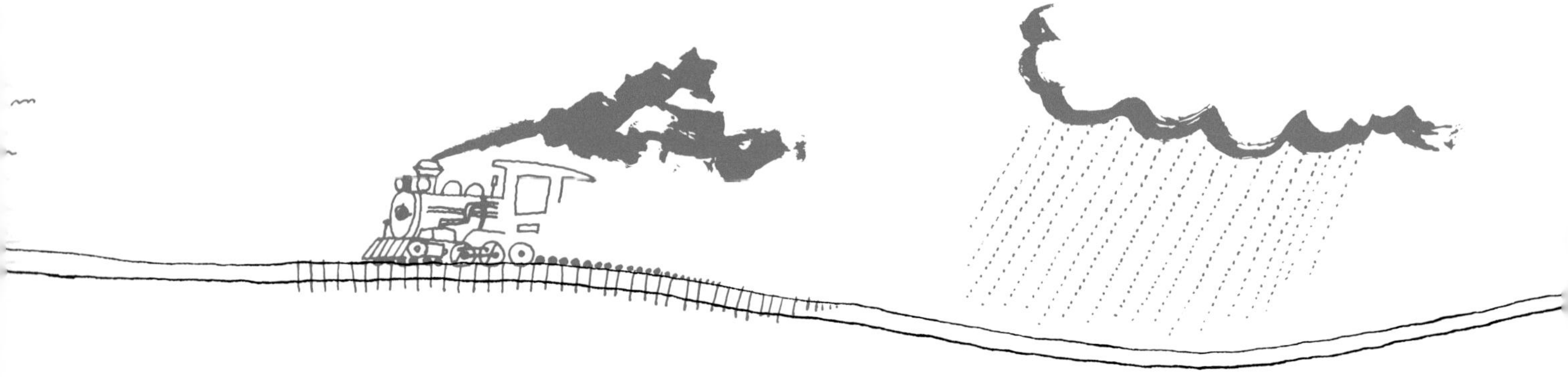

ひげの先生《せんせい》おいてけぼり
小《ちい》さな道《みち》は夕《ゆう》陽《ひ》にむかって
こわれた人形《にんぎょう》はこんでく

小《ちい》さな道《みち》は夢《ゆめ》を見る
背《せ》中《なか》の上《うえ》を無《む》数《すう》のラクダが
砂《すな》をけたててかけてゆく

小《ちい》さな道《みち》の小《ちい》さな話《はなし》
それからそれからどうなったのか
あなたの長靴《ながぐつ》にきいてごらん

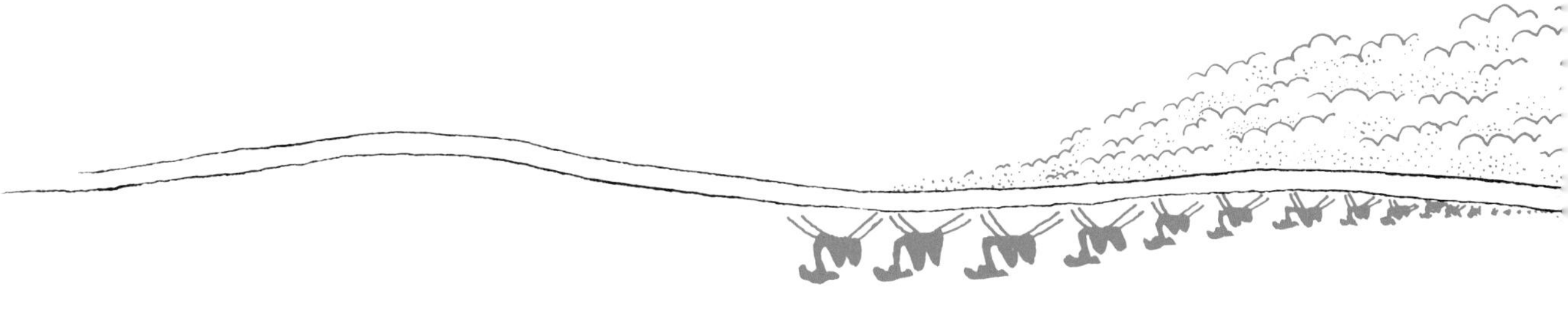

さあ歌《うた》おう

さあ歌《うた》おう　なに歌《うた》おう
空《そら》歌《うた》おう　広《ひろ》すぎて歌《うた》えない
でも歌《うた》おう　空《そら》歌《うた》おう
夜《よる》がこないうちに大《おお》きな声《こえ》で
空《そら》は青《あお》い　空《そら》は自由《じゆう》
空《そら》はどこまでいっても限《かぎ》りない
空《そら》　空《そら》　空《そら》　ラララ　空《そら》は大好《だいす》き

さあ歌《うた》おう　なに歌《うた》おう
鳥歌《とりうた》おう　速《はや》すぎて歌《うた》えない
でも歌《うた》おう　鳥歌《とりうた》おう
弾《た》丸《ま》がこないうちに大《おお》きな声《こえ》で
鳥《とり》は軽《かる》い　鳥《とり》は自《じ》由《ゆう》
鳥《とり》はおなかがすいても歌《うた》ってる
鳥《とり》　鳥《とり》　鳥《とり》　ラララ　鳥《とり》は大《だい》好《す》き

さあ歌《うた》おう　なに歌《うた》おう
人歌《ひとうた》おう　哀《かな》しくて歌《うた》えない
でも歌《うた》おう　人歌《ひとうた》おう
殺《ころ》されないうちに大《おお》きな声《こえ》で
人《ひと》は歌《うた》う　人《ひと》は自《じ》由《ゆう》
人《ひと》は空《そら》より鳥《とり》よりすばらしい
人《ひと》　人《ひと》　人《ひと》　ラララ　人《ひと》は大《だい》好《す》き

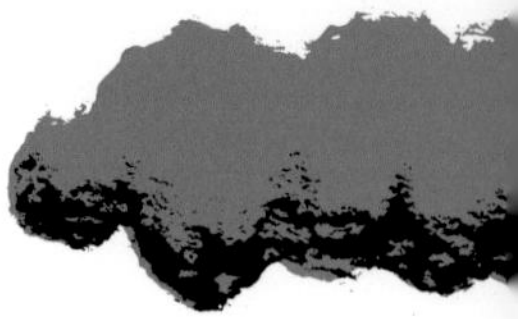

青空《あおぞら》のすみっこ

青空《あおぞら》のすみっこで
ひとひらの雲《くも》が湧《わ》いた
とどきそうで　とどかない
青空《あおぞら》のすみっこに
ひとひらの雲《くも》が消《き》えた

青空《あおぞら》のすみっこを
一羽《いちわ》の小鳥《ことり》が飛《と》んだ
つかめそうで　つかめない
青空《あおぞら》のすみっこに
一羽《いちわ》の小鳥《ことり》が消《き》えた

て たーにまのむらのすーいしゃごやまでー
て あーかるいうみがみーえてくるまでー
か でーとつのあかりさーがしもとめーて
おがわのほとりふたりでいこう
こうばにそってみんなでいこう
けもののようにひとりでいこう
ランランラン
ランラテクテクランランラン
ランラ ポクポク スタスタ ヒタヒタ ランランラン
ランラランラランラランランランラン
ランランランラーン
ランラララランラー ー

道

谷川俊太郎　作詩／冨田　勲　作曲

ち い さ な み ち を
お お き な み ち を
み ち な き み ち な
たー どーっ て あ る こう もー んし ろ ちょ う のー あー とおーっ
いー ばーっ て あ る こう おー ーき な こ え ーで うー だっ ー
ひー らい て あ る こう げー んし の も りー の やー みの な

夏は歌え

谷川俊太郎　作詩／宅　孝二　作曲

mf
mp
1.な つ は た い こ か みなり の お し り を た た け
2.な つ は わ ら う ま んぷく のにぅ う ど う ぐ も だ
3.な つ は ま し ろ お とめら は よ う せ い の よ う
4.な つ は お よ げ う みをけ り か ぜ を お い こ し
な つ は お ど り ゆう だ ち の あ し はは だ し だ な つ は さ ば く
な つ は い か る た い ようの め を い か ら せ て な つ は さ け ぶ
な つ は き い ろ ひ ま わりの あ せ の い ろ だ よ な つ は あ お い
な つ は は し れ せー も うでも だ い ち の し ろ だ な つ は う た え
f
mf
か げ ろ う は ま ひ る の ー お ば け ー
い な づ ま の は を む き ー だ し て ー
お ー ぞ ら の は て しょ い ー ふ か さ ー
い き て い ろ よ ろ こ び ー の う た ー

誰もしらない

谷川俊太郎　作詩／中田喜直　作曲

■うろおぼえのメモ　谷川俊太郎

〈**晴れた日は**〉大阪の放送局からの注文で、生まれて初めて歌を書いてお金をもらいました。もう四十年以上むかし。
〈**うそだうそだうそなんだ**〉作曲家の寺島尚彦といっしょに、歌をつくり始めた第一作。
〈**ぼうしのかぶりかた**〉これもそのころ、大学ノートに書きためていた歌詞のひとつ。のちに宮城まり子さんが歌って下さいました。
〈**夏は歌え**〉一九五五年七月、新日本放送、「私の歌」第四三回。宅孝二作曲。
〈**道**〉一九六三年二月、朝日放送、「みんなで一緒に」冨田勲作曲。
〈**日本語のおけいこ**〉これをタイトルソングにして、一九六五年七月、理論社から歌の本を出しました。
〈**誰もしらない**〉中田喜直さんの名曲。
〈**おおきなけやきのき**〉一九五八年ごろ、雑誌「母の友」に毎月、歌を書いていたことがあります。そのひとつ。
〈**あくび**〉これも右に同じ。
〈**とんびのピーヒョロロ**〉あまり歌われませんが、詞も寺島尚彦の曲も私は気にいっています。
〈**ぼうし**〉「母の友」連載のひとつ。
〈**まね**〉一九六六年、林光作曲。
〈**ひとくいどじんのサムサム**〉林光さんの名曲。
〈**一、二、三……**〉ＮＨＫ「みんなのうた」一九六四年ごろ。小林秀雄作曲。
〈**こわれたすいどう**〉ＮＨＫ「うたのおばさん」一九六〇年二月。湯山昭作曲。
〈**かわいそうなおばけたち**〉一時、服部公一さんとずいぶん子どもの歌をつくりました。これもそのひとつ。
〈**ポワ ポワーン**〉ＮＨＫ「みんなのうた」一九七一年一月。冨田勲作曲。
〈**ハヒフペポ**〉雑誌「きりん」に、磯部俶さんと組んでしばらく歌を書いたことがあります。これもそのひとつ。
〈**だれ**〉「チャイルド画廊のうた」湯山昭作曲。
〈**月火水木金土日のうた**〉フランク永井さんが歌って、私の歌の中ではいちばん有名。服部公一作曲。
〈**はてな**〉ビクターレコードのために書きました。
〈**かえるのぴょん**〉ＮＥＴＴＶ「よーい！どん」一九七二年四月。林光作曲。少々改作。
〈**おかあさん**〉一九六三年の作。
〈**こわくない**〉右と同じころ？　少し手を入れました。
〈**にちようび**〉ＮＨＫの幼児番組のために書いた歌。諸井誠作曲。
〈**りんご**〉年代不明。未発表？
〈**いち**〉ＮＨＫ「みんなのうた」諸井誠作曲。
〈**いっぱい**〉いずみ・たくさんとつくった歌。
〈**宇宙船ペペペラン**と**弱虫ロン**〉湯浅譲二とつくった歌のひとつ。友竹正則や益田喜頓さんが歌って下さった。
〈**冬の思い出**〉これも湯浅譲二作曲。
〈**小さな道**〉磯部俶さんと。たしか「きりん」にのったと思います。
〈**さあ歌おう**〉「ろばの会」のために。作曲大中恩。指導者とコーラスのかけあいになっています。
〈**青空のすみっこ**〉一九七四年度ＮＨＫ全国学校音楽コンクール、中学校の部課題曲。

■著 者 谷川俊太郎《たにかわしゅんたろう》

1931年東京に生まれる。

都立豊多摩高校卒。子どもの歌の本に「日本語のおけいこ」、絵本「き」「こっぷ」、翻訳「マザーグースのうた」、詩集「ことばあそびのうた」等がある。

■画 家 杉浦範茂《すぎうらのりしげ》

1931年愛知県に生まれる。

東京芸術大学美術学部卒。主な作品に「Aくまさん Bくまさん」「きょうはとくべつ」「ねらってるねらってる」等がある。

現代日本童謡詩全集3
誰もしらない

二〇〇二年十一月三十日 初版第一刷発行
二〇一九年十二月二十五日 初版第二刷発行

作 者 谷川俊太郎
画 家 杉浦範茂
発行所 株式会社 国土社
東京都千代田区神田駿河台二―五
郵便番号 一〇一―〇〇六二
電 話 〇三―六二七二―六一二五
FAX 〇三―六二七二―六一二六
印 刷 株式会社 厚徳社
製 本 株式会社 難波製本
製 作 株式会社 アルスノヴァ

●乱丁・落丁の本はおとりかえいたします。〈検印廃止〉

国土社ホームページ：https://www.kokudosha.co.jp
JASRAC 出 0212780-201
ISBN978-4-337-24753-6 C8391

現代日本童謡詩全集（全22巻）

童謡から育まれ「詩」として愛誦される作品の作家別集大成！ 楽譜収録。
［A4変型・84頁］

第1巻 **おまじない**
工藤直子／詩・長　新太／絵

第2巻 **ぶうぶうぶう**
こわせたまみ／詩・いもとようこ／絵

第3巻 **誰《だれ》もしらない**
谷川俊太郎／詩・杉浦範茂／絵

第4巻 **こわれたおもちゃ**
武鹿悦子／詩・中谷千代子／絵

第5巻 **おはなしゆびさん**
香山美子／詩・杉浦範茂／絵

第6巻 **あめふりくまのこ**
鶴見正夫／詩・鈴木康司／絵

第7巻 **おつかいありさん**
関根栄一／詩・丸木　俊／絵

第8巻 **サッちゃん**
阪田寛夫／詩・和田　誠／絵

第9巻 **大《おお》きなけやき**
神沢利子／詩・白根美代子／絵

第10巻 **知《し》らない子《こ》**
宮澤章二／詩・駒宮録郎／絵

第11巻 **かあさんかあさん**
三越左千夫／詩・石田武雄／絵

第12巻 **あまのじゃく**
清水たみ子／詩・深沢邦朗／絵

第13巻 **みつばちぶんぶん**
小林純一／詩・鈴木義治／絵

第14巻 **ぞうさん**
まど·みちお／詩・東　貞美／絵

第15巻 **かまきりおばさん**
柴野民三／詩・阿部　肇／絵

第16巻 **地球《ちきゅう》の病気《びょうき》**
藤田圭雄／詩・渡辺三郎／絵

第17巻 **ぼくがかいたまんが**
與田準一／詩・山高　登／絵

第18巻 **いぬのおまわりさん**
佐藤義美／詩・司　修／絵

第19巻 **とんとんともだち**
サトウ ハチロー／詩・こさかしげる／絵

第20巻 **赤《あか》ちゃんのお耳《みみ》**
都築益代／詩・駒宮録郎／絵

第21巻 **とんぼのめがね**
現代名作選Ⅰ・小林与志／絵

第22巻 **きりとおとうさん**
現代名作選Ⅱ・小林与志／絵